TABLEAUX

MODERNES

Aquarelles, Pastels, Dessins

CATALOGUE

DES

TABLEAUX

MODERNES

Aquarelles, Pastels, Dessins

PAR

BASTIEN-LEPAGE, BEERS (VAN), BELLANGÉ (H.)
BLANCHE, CALS, CARAN-D'ACHE, CLAUDE, COIGNET, COOMANS
COURBET, DAUMIER, DECAMPS, DESGOFFES
FROMENTIN (E.), GILBERT (VICTOR), GRANET, GUILLAUME (A.)
ISABEY, HARPIGNIES, JACQUET, LEBOURG
LE POITTEVIN, RAFFET, RICARD, ROYBET, SIGRISTE, TASSAERT
THAULOW (F.), TROUILLEBERT
TROYON, ZIEM, WASHINGTON, WATELIN, ETC.

ET DONT LA VENTE AURA LIEU A PARIS

HOTEL DROUOT, SALLE N° 1

Le Mercredi 9 Décembre 1908

à deux heures

COMMISSAIRE-PRISEUR	EXPERT
Me F. LAIR-DUBREUIL	**M. GEORGES PETIT**
6, rue Favart, 6	8, rue de Sèze, 8

EXPOSITION PUBLIQUE

Le Mardi 8 Décembre 1908, de 2 heures à 6 heures.

CONDITIONS DE LA VENTE

Elle sera faite au comptant.

Les Acquéreurs paieront *dix pour cent* en sus des enchères.

Paris. — Imp. Georges Petit. — 19270-08.

TABLEAUX

BASTIEN-LEPAGE

I — *Vieille femme lisant.*

Elle est vêtue d'un corsage noir et d'une jupe grise, coiffée d'un bonnet blanc bordé de dentelles retombant sur les oreilles. Elle tient un livre ouvert sur ses genoux.

Signé à gauche, en bas : *Bastien-Lepage.*

Toile. Haut., 98 cent.; larg., 79 **cent.**

BASTIEN-LEPAGE

2 — *Gardeuse de dindons.*

Toile. Haut., 41 cent.; larg., 33 cent.

BASTIEN-LEPAGE

3 — *Lever de lune sur la baie.*

Panneau. Haut., 28 cent.; larg., 20 cent.

BLANCHE (J.-E.)

4 — *La Leçon maternelle.*

Signé à droite, en bas : *J.-E. Blanche.*

Toile. Haut., 55 cent.; larg., 45 cent.

BULTURA

5 — *Port de Cannes.*

Signé à droite, en bas : *Bultura 1849.*

Toile. Haut., 26 cent.; larg., 36 cent.

BUTIN

6 — *Le Cabestan.*

Au bord du remblai qui domine la plage. Assis sur la poutre d'un cabestan, un jeune marin vêtu d'nn pantalon rapiécé, d'un tricot de laine bleu et coiffé d'un béret, s'accoude et se penche vers une jeune fille qui l'écoute, debout, sérieuse, un grand panier passé à son bras gauche. Elle porte un corsage noir, un jupon et un tablier de couleur indécise, jaunâtre, qui laissent à découvert ses fortes jambes.

C'est la fin du jour. Sur le sable, où sont échouées quelques barques, sur la mer tranquille et dans le ciel nuageux, la lune épand déjà ses molles clartés.

Signé à gauche, en bas, du cachet de la vente.

Toile. Haut., 54 cent.; larg., 76 cent.

CALS

7 — *Honfleur.*

Sous les grands arbres dont la forte ramure ombrage la prairie, quelques personnages, hommes et femmes, sont groupés. C'est un bel après-midi d'été. De la hauteur on domine l'estuaire baigné d'une lumière vaporeuse.

Signé à droite, en bas : *Cals. Honfleur, 1876.*

Toile. Haut., 43 cent. 1/2; larg., 65 cent.

CALS

8 — *Cour de ferme en Normandie.*

A droite et au fond, les bâtiments de la ferme. Une femme assise au seuil, à droite, mange la soupe. Quelques poules, çà et là, picorent. Par la gauche, entre une paysanne tirant un âne par la bride.

Signé à droite : *Cals, 1869.*

Toile. Haut., 71 cent.; larg., 51 cent.

CARAN-D'ACHE

9 — *La Charge.*

Signé à droite, en bas, et daté : *87.*

Toile. Haut., 1 m. 78; larg., 2 m. 48.

CARAN-D'ACHE

10 — *La Parade.*

Signé à gauche, en bas, et daté : *89.*

Toile. Haut., 1 m. 75; larg., 2 m. 42.

CAUCHOIS

11 — *Paysage au soleil couchant.*

Signé à droite, en bas.

Toile. Haut., 39 cent.; larg., 65 cent.

CHARLAY-POMPON

12 — *Bords de rivière.*

Signé à droite, en bas.

Toile. Haut., 97 cent.; larg., 1 m. 30 cent.

CLARY (E.)

13 — *Bords de rivière.*

Signé à gauche, en bas : *E. Clary*.

Toile. Haut., 42 cent.; larg., 74 cent.

CLAUDE (Max)

14 — *Sur la Côte-d'Azur.*

Signé à droite, en bas : *Max Claude 1902*.

Toile. Haut., 31 cent.; larg., 56 cent.

COIGNET

15 — *Torrent dans les Vosges.*

Signé à droite, en bas.

Toile. Haut., 33 cent.; larg., 41 cent.

COOMANS (Joseph)

16 — *Vénus et l'Amour.*

> Signé à droite, en bas : *Joseph Coomans 1883. Paris.*
>
> > Haut., 1 mètre; larg., 1 m. 60.

COURBET (G.)

17 — *La Cascade sous bois.*

> Un torrent très ombragé par de grands arbres. Il est parsemé de dalles rocheuses qui disparaissent sous la mousse.
>
> A gauche, un petit chemin, un banc, un escalier rustique.
>
> Au fond, vivement frappée par la lumière, la cascade aux eaux étincelantes, fouettées par une brise.
>
> Signé à gauche, en bas : *G. Courbet.*
>
> > Toile. Haut., 60 cent.; larg., 51 cent.

DERVAUX

18 — *Nymphe et amours.*

> Signé à droite, en bas : *Fs Dervaux, 1854.*
>
> Panneau. Haut., 36 cent. 1/2; larg., 48 cent.

DESGOFFE (Blaise)

19 — *Nature morte.*

> Sépia sur le verre : *B. Desgoffe.*
>
> > Panneau. Haut., 53 cent.; larg., 33 cent.

DIAZ

20 — *Le Berger.*

Près d'une petite mare où se reflètent des nuages rougis par le soleil couchant, un berger et son troupeau. A droite, au fond, une colline boisée ; à gauche, une masse de grands arbres silhouettés sur le ciel.

Signé à droite, en bas.

Panneau. Haut., 15 cent.; larg., 22 cent.

DUMOULIN (Louis)

21 — *Une Rue à Héricy (S.-et-M.).*

Signé à gauche, en bas : *Louis Dumoulin 1882.*

Toile. Haut., 38 cent.; larg., 55 cent.

DUMOULIN (Louis)

22 — *Rue de village, crépuscule.*

Signé à droite, en bas.

Toile. Haut., 69 cent.; larg., 59 cent.

DUPRÉ (Jules)

23 — *La Barque.*

Devant une mer bleue, la barque est échouée sur le sable humide où elle se reflète.

Signé à gauche, en bas.

Toile. Haut., 40 cent.; larg., 32 cent.

ÉCOLE DE 1830

24 — *Vaches au bord d'un étang.*

Toile. Haut., 31 cent.; larg., 38 cent.

FLEURY (Robert)

25 — *Ambroise Paré étudiant les effets
des armes à feu.*

Devant une table couverte d'un tapis rouge,
il est assis sur une chaise rouge, vêtu d'un
surcot noir, à manches de soie, la main gauche
appuyée sur un crâne et écrivant. Autour de
lui, des armes et des instruments de chi-
rurgie. Au fond, une armoire où l'on dis-
tingue des bocaux.

Signé à gauche, en bas, et daté : *1829.*

Toile. Haut., 24 cent.; larg , 19 cent.

FROMENTIN (Eugène)

26 — *Vaches au bord d'un étang.*

Un ciel chargé de gros nuages gris sur
lequel se découpe une opulente masse
d'arbres à droite. Quatre vaches rousses et
une noire et blanche errent sous les om-
brages et viennent patauger jusque dans
l'étang aux eaux grises peuplées de touffes
de roseaux.

Signé à droite, en bas : *Eug. F.;* à gauche :
N. *64.*

Toile. Haut., 65 cent.; larg., 54 cent. 1/2.

GAMBOGI (Émile)

27 — *Femme revenant de la fontaine.*

Signé à droite, en bas : *Émile Gambogi.*

Toile. Haut., 70 cent. ; larg., 44 cent.

GILBERT (Victor)

28 — *Pêcheurs lançant leur barque.*

Signé à droite, en bas : *Victor Gilbert, 1883.*

Toile. Haut., 80 cent. ; larg., 1 m. 20.

GORBITZ

29 — *Paysage d'Italie.*

Signé à droite, en bas.

Toile. Haut., 32 cent ; larg., 40 cent.

GRANET

30 — *Intérieur d'un monastère.*

Toile. Haut., 47 cent.; larg., 37 cent.

GROBON

31 — *L'Atelier du maréchal-ferrant.*

Signé à droite, en bas : *Grobon.*

Toile. Haut., 60 cent.; larg., 86 cent.

HARPIGNIES

32 — *Le Chemin du village.*

Signé à gauche, en bas : *H. Harpignies 93.*

Toile. Haut., 23 cent.; larg., 34 cent.

HODEBERT (J.)

33 — *Jeune fille regardant une gravure.*

Signé à droite, en bas : *J. Hodebert.*

Toile. Haut., 55 cent.; larg., 46 cent.

ISABEY (Eug.)

34 — *Le Vapeur en rade.*

Mer forte. Nuages mouvementés dans un ciel balayé par le vent. Lumière crue. Le vapeur, vu par la poupe, donne légèrement de la bande à tribord. Sa cheminée déroule un épais nuage de fumée. Des barques l'environnent. Deux d'entre elles déjà l'accostent.

Signé à droite : *E. I.*

Panneau. Haut., 30 cent.; larg., 47 cent.

JACQUAND

35 — *Religieuses en prière.*

Signé à droite, en bas : *C. Jacquand 1838.*

Toile. Haut., 65 cent.; larg., 54 cent.

JACQUET

36 — *Tête de jeune fille* (esquisse).

Signé à gauche, en bas : *G. Jacquet.*

Panneau. Haut., 27 cent.; larg., 21 cent.

JEANNIN

37 — *Bourriche de pensées.*

Signé à gauche, en bas : *S. Jeannin.*

Toile. Haut., 46 cent.; larg., 55 cent.

LEBOURG

38 — *Pont Royal.*

Signé à droite, en bas : *Albert Lebourg.*

Toile. Haut., 38 cent.; larg., 61 cent.

LEBOURG

39 — *Coude de la Seine au Bas-Meudon.*

Signé à gauche, en bas : *A. Lebourg, Bas-Meudon.*

Toile. Haut., 40 cent. ; larg., 73 cent.

LEBOURG

40 — *Bords de Seine.*

Signé à droite, en bas : *A. Lebourg.*

Toile. Haut., 50 cent. ; larg., 78 cent.

LEBOURG

41 — *Overschie (Hollande).*

Signé à droite, en bas : *A. Lebourg. Overschie, 1897.*

Toile. Haut., 5o cent. ; larg., 62 cent.

LEBOURG

42 — *La Seine au Bas-Meudon.*

Signé à gauche, en bas : *A. Lebourg, Meudon.*

Toile. Haut., 48 cent.; larg., 63 cent.

LÉPINE (S.)

43 — *Un Mariage à Saint-Étienne-du-Mont.*

Signé à droite, en bas : *S. Lépine.*

Panneau. Haut., 12 cent. ; larg., 9 cent.

LE POITTEVIN (Eugène)

44 — *Suzanne et les vieillards.*

Signé à droite, en bas : *Eug. Le Poittevin.*

Toile. Haut.. 38 cent.; larg., 46 cent. 1/2.

LUCE (Constantin)

45 — *L'Église de Gisors.*

Signé à droite, en bas.

Carton. Haut., 51 cent. ; larg., 68 cent.

MARCHAND (André)

46 — *En Vedette.*

Signé à droite, en bas : *André Marchand, 1899.*

Panneau. Haut., 45 cent. 1/2 ; larg., 37 cent.

MICHALLON

47 — *Paysage, lever de soleil.*

Signé à droite, en bas : *Michallon, 1813.*

Toile. Haut., 50 cent.; larg., 60 cent.

PETITJEAN (Hippolyte)

48 — *Baigneuses dans la prairie.*

Signé à gauche, en bas, et daté : *96.*

Toile. Haut., 83 cent.; larg., 56 cent.

RAVANNE

49 — *Femmes bretonnes sur le quai.*

Signé à droite, en bas, et daté : *97.*

Panneau. Haut., 28 cent.; larg., 35 cent.

RAVANNE

50 — *Pêcheurs portant une ancre.*

Signé à droite, en bas, et daté : *94.*

Panneau. Haut., 28 cent.; larg., 34 cent.

RÉMOND

51 — *Paysage avec figure.*

Signé à droite, en bas : *Rémond, 1817.*

Toile. Haut., 37 cent.; larg., 46 cent.

RICARD

52 — *Tête d'étude.*

Toile marouflée sur panneau.
Haut., 43 cent.; larg., 35 cent.

ROYBET

53 — *La Folie de Charles VI.*

On voit, à gauche, les premiers arbres de l'obscure forêt d'où vient de s'élancer un mendiant en haillons, à la barbe et aux cheveux incultes. Il a saisi aux naseaux le cheval du roi. Charles VI se renverse en arrière, frappé de démence, le visage crispé par la terreur, tandis qu'à sa droite un cavalier cherche à transpercer le mendiant de sa lance.

Le roi est vêtu d'une tunique en velours noir, à galons d'or, et coiffé d'un chaperon rouge vif, orné d'un joyau. Il porte des cuissards et une courte épée.

A droite, derrière lui, un groupe d'hommes armés, dont les lances se détachent sur un fond de ciel bleu sombre.

Signé à gauche, en bas.

Toile. Haut., 1 m. 30 ; larg., 1 m. 03.

SAUVAGEOT (Ch.)

54 — *La Jardinière fleurie.*

Signé à gauche, en bas : *Ch. Sauvageot.*

Toile. Haut., 1 mètre; larg., 1 m. 15.

SIGRISTE

55 — *La Partie d'échecs.*

Signé à droite, en bas.

Panneau. Haut., 16 cent.; larg., 11 cent.

SINIBALDI .

56 — *Chemin de corniche à Capri.*

Signé à gauche, en bas.

Toile. Haut., 31 cent.; larg., 50 cent.

SUCHE (A.) (?)

57 — *Halte dans le désert.*

Signature illisible.
Signé à droite, en bas : *A. Suche (?)*

Toile. Haut., 33 cent.; larg., 46 cent.

TASSAERT (O.)

58 — *Enfants jouant avec des lapins.*

Signé à droite, en bas : *O. Tassaert.*
A gauche, les initiales *O. T.*, et date en
partie effacée.

Toile. Haut., 40 cent.; larg., 32 cent.

TASSAERT (O.)

59 — *Le Repos au bord de l'étang.*

Signé à droite, en bas : *O. Tassaert.*

Toile. Haut., 82 cent.; larg., 66 cent.

THAULOW (Frits)

60 — *Yachts en rade.*

Signé à gauche, en bas : *Frits Thaulow.*

Toile. Haut., 60 cent.; larg., 75 cent.

TROUILLEBERT

61 — *Le Passeur.*

Signé à droite, en bas, à droite.

Panneau. Haut., 18 cent.; larg., 25 cent.

TROYON

62 — *Poules et coq.*

Au milieu de l'assemblée des poules qui picorent à terre le grain répandu, le coq dresse orgueilleusement le panache de sa queue, son cou doré, sa mobile crète rouge.

A droite, un pan de mur où sont adossées plusieurs hottes. Au fond, un petit paysage montrant, en lisière d'un champ, quelques bouquets d'arbres d'où se dégagent un clocher et des toits.

Recherche pour la *Provende des poules.*

Signé à gauche, en bas.

Panneau. Haut., 16 cent.; larg., 21 cent.

VAN BEERS

63 — *Portrait de femme.*

Elle est debout, de face, la main droite appuyée sur une haute canne. La robe est de satin crême, garnie sur le devant de passementeries et décolletée en rond avec trois rangs de perles sur la poitrine. A la ceinture est nouée une écharpe mauve qui retient un bouquet de roses soufre. La tête blonde est coiffée d'un chapeau noir à plumes blanches.

Signé à gauche, en bas : *Jan van Beers, Paris 1882.*

Toile. Haut., 1 m. 18; larg., 64 cent.

VERSCHNUR

64 — *Cheval à l'abreuvoir*.

Signé à gauche, en bas.

Panneau. Haut., 26 cent.; larg., 20 cent.

VON ELVEN (P.)

65 — *Varazzeno*.

Signé à droite, en bas : *P. von Elven, 1893.*
A gauche : *Varazzeno*.

Toile. Haut., 60 cent.; larg., 1 m. 05.

WASHINGTON

66 — *Cavaliers arabes*.

Signé à gauche, en bas : *G. Washington*.

Toile. Haut., 50 cent.; larg., 61 cent.

WATELIN

67 — *Le Village à la lisière de la forêt*.

Signé à droite, en bas : *L. Watelin, 1873.*

Panneau. Haut., 32 cent. 1/2; larg., 46 cent.

Aquarelles, Pastel & Dessins

BASTIEN-LEPAGE

68 — *Étude d'homme nu.*

Signé à gauche : *J. B.-L.*
Dessin au fusain rehaussé de blanc.

Haut., 3o cent.; larg., 2o cent.

BASTIEN-LEPAGE

69 — *Clair de lune.*

Signé à gauche : *J. Bastien-Lepage.*
Dessin au crayon.

Haut., 28 cent.; larg., 44 cent.

BASTIEN-LEPAGE

70 — *Portrait de femme.*

Signé à droite, en bas : *J. Bastien-Lepage.*
Dessin à la plume.

Haut., 40 cent.; larg., 28 cent.

BASTIEN-LEPAGE

71 — *Le Bûcheron.*

> Signé à droite, en bas : *J. B.-L.*
> Dessin à la plume.

> Haut., 20 cent.; larg., 19 cent.

BELLANGÉ (Hippolyte)

72 — *Jeux d'enfants.*

> Signé à droite, en bas : *H{te} Bellangé, 1834.*
> Aquarelle.

> Haut., 15 cent.; larg., 19 cent.

BRIÈS

73 — *Baigneuse.*

> Signé à gauche, en bas : *F. Briès.*
> Aquarelle.

> Haut., 57 cent.; larg., 38 cent.

DAUMIER

74 — *Le Violoniste.*

> Signé des initiales : *H. D.*
> Dessin à l'encre de Chine.

> Haut., 30 cent.; larg., 20 cent.

DECAMPS

75 — *Passage d'un défilé par des méha-*
ristes arabes.

En contre-bas d'un pli du terrain, une file
de chameaux montés par des Arabes armés,
dont la haute silhouette se découpe sur l'ho-
rizon mauve.

Derrière eux, l'étendue mouvementée des
sables.

A droite, une dune aride.

Au dos, on lit, écrit de la main du maître :
Donné en souvenir à Cain (sculpteur), 1852.
Aquarelle.

Haut., 26 cent.; larg., 95 cent.

DROGNE (Jacques)

76 — *Petites filles d'Auray (Bretagne).*

Pastel.
Signé à gauche, en bas.

Haut., 51 cent ; larg., 65 cent.

GUILLAUME (Albert)

77 — *Baigneuse.*

Aquarelle gouachée.
Signé à droite, en bas : *A. Guillaume.*

Haut. 80 cent.; larg., 60 cent.

HARPIGNIES

78 — *Femmes lavant dans un ruisseau aux environs de Nice.*

Aquarelle.

Signé à gauche, en bas : *Harpignies 86* ; à droite : *Nice*.

Haut., 34 cent.; larg., 24 cent.

HARPIGNIES

79 — *L'Étang.*

Aquarelle.

Signé à gauche, en bas: *H. Harpignies, 88.*

Haut., 19 cent.; larg., 27 cent.

HARPIGNIES

80 — *Bords de rivière.*

Aquarelle.

Signé à gauche, en bas.

Haut., 18 cent.; larg., 27 cent.

RAFFET

81 — *Un Mameluck.*

Aquarelle.

Signé à gauche, en bas : *Raffet.*

Haut., 28 cent. ; larg., 21 cent.

ZIEM

82 — *Constantinople.*

Au centre, un fin voilier profile sa voilure sur un ciel d'or pâle et d'azur, nuancé de mauve. Sa coque brune, derrière laquelle s'engage un petit voilier, pose à contre-jour un reflet sombre sur la délicatesse des eaux dont les ondulations diaprées viennent mourir contre la rive pourpre que bordent des roseaux.

A gauche, une barque de pêcheur amarrée. Plus loin, la fragile silhouette des minarets et des coupoles.

Venant de droite et glissant vers le navire, une longue barque montée par une équipe nombreuse de rameurs.

Très belle aquarelle du maître.

Signé à gauche, en bas.

Haut., 23 cent.; larg., larg., 32 cent.

X...

83 — *Chien rapportant une bécasse.*

Aquarelle.

Signature illisible.

Haut., 23 cent.; larg., 20 cent.